3 em 1

TRÊS LIVROS DE POEMAS

Coordenação editorial: Sálvio Nienkötter
Editor-executivo: Raul K. Souza
Editores adjuntos: Daniel Osiecki, Francieli Cunico
Projeto e edição gráfica: Jussara Salazar
Produção: Cristiane Nienkötter

Dados Internacionais de Catalogação na Publicação (CIP)
Angélica Ilacqua CRB-8/7057

Duarte Neto, Henrique
3 em 1 : três livros de poemas / Henrique Duarte Neto. -- Curitiba : Kotter Editorial, 2021.
78 pg.

ISBN 978-65-89624-29-5

1. Poesia brasileira I. Título

21-1320 CDD B869.1

KOTTER EDITORIAL
Rua das Cerejeiras, 194
Telefone: +55 (41) 3585-5161
Email: contato@kotter.com.br

HENRIQUE DUARTE NETO

3 em 1

TRÊS LIVROS DE POEMAS

KOTTER
EDITORIAL

ÍNDICE

ENGENHO EFÊMERO: POEMAS EM PROSA E AFORISMOS
[2019-2020]_37

IMERSO NO VERSO: POEMAS EM VERSOS LIVRES
[2019-2020]_53

Para minha mãe, Marta, que superou o câncer, demonstrando inesgotável amor à Vida e a nós (filhos, netos, irmãos, demais parentes, amigos), nós que tanto a admiramos e a reverenciamos.

AS PARTITURAS POÉTICAS DE HENRIQUE DUARTE NETO

Claudio Daniel
São Paulo, Janeiro de 2021

3 em 1, tríade de pequenos livros de poemas de Henrique Duarte Neto, apresenta-nos *Viva Vivaldi!*, breve coletânea que apresenta ao leitor composições no gênero *tanka* – gênero poético japonês que remonta ao Período Heian (séculos VIII – XII d.C.), quando foi publicada a clássica antologia *Manyoshu* – , como também *Engenho efêmero*, poemas em prosa e *Imerso no verso*, poemas em versos livres. Em todas essas formas poéticas, o autor demonstra fina sensibilidade e hábil domínio das técnicas do verso, além das relações intertextuais que estabelece com os poetas que habitam o seu *paideuma* particular – Baudelaire, Rilke, os românticos – e a presença constante da música, sobretudo Vivaldi e Chopin. Na primeira obra, dedicada ao *tanka*, lemos peças de notável concisão e síntese, como *Invernal*: "Noite funda, / gélida / no campo. / Coração quente, / Amor juvenil", em que a simplicidade oculta o refinado artesanato da construção. O *tanka*, menos conhecido do que o *haiku*, é formado por um terceto e um dístico, que mantém relativa autonomia de temática e sintaxe, como se fossem dois planos cinematográficos, aproximados pela montagem, que se relacionam de modo analógico, metafórico – não por acaso, o cineasta soviético Sergei Eisenstein percebeu a íntima conexão entre as técnicas do cinema e da poesia japonesa. Os *tankas* de Henrique Duarte Neto, como acontece na peça citada nesta breve apresentação, revelam a construção delicada da imagem, o jogo poético entre a realidade objetiva e o mundo subjetivo, as recordações da infância e da natureza, as referências ao mundo do trabalho, em suma, o pequeno universo do cotidiano, reinventado pela imaginação poética.

No segundo livro, *Engenho efêmero*, dedicado a pequenos poemas em prosa, quase aforismáticos, Henrique Duarte Neto nos dá outra medida de seu engenho poético, em composições bem-humoradas, existenciais e metalinguísticas, como acontece nesta curiosa peça, dedicada ao poeta pernambucano Sebastião Uchoa Leite:

"Poesia como o autoenvenenamento, a agulhada do escorpião em si próprio. A eliminação das metáforas convencionais, pela metaforização expansiva do real, construindo a ficção vida. A espreita de uma incógnita, buscando achar a regra secreta, sabendo que não a acharia, nega não só o ego como também o nó cego da sua invalidação."

No livro derradeiro, *Imerso no verso*, temos poemas em versos livres, onde o autor dialoga, sem receio, com os poetas românticos, investindo nos versos longos, na sintaxe direta, na expressão emocional, na dicção espontânea, na musicalidade das linhas, abordando com outras ferramentas os temas já apresentados nas peças curtas que abrem o volume, sobretudo a infância e a natureza. Em suma, este é um poeta que merece leitura atenta, por sua capacidade de expressão subjetiva em versos de alto impacto, por sua reflexão crítica, por sua capacidade de traduzir silêncios.

VIVA VIVALDI!

TANKAS EM ESTILO LIVRE

[2020-2021]

o verão de novo
nova estrela ao pé do morro
luz a sina amante

os dias das noites claras
as noites dos dias dúbios

Wilson Bueno, Verão

Outonal

Sangra o coração
neste outono
solitário.
Árvores secas,
memórias mortas.

Invernal

Noite funda,
gélida
no campo.
Coração quente,
Amor juvenil.

Primaveril

Jardins floridos!
Alma e coração
em festa.
Ébrio é o cantar
do pássaro.

Estival

Verão jubiloso:
o amor pede
passagem
entre grilos
e cigarras dissonantes.

Viva Vivaldi!

Do temporal ao eterno,
do belo ao sublime,
a expressão se faz celestial.
Viva Vivaldi! No luzir
dos sons da genialidade!

Campestre

Entre aurora
e crepúsculo
um só espetáculo!
Campo: saúde
dos dias!

Da natureza das sombras

Da floresta às escuras,
na noite sem fim,
recita a inquieta alma:
"Oh, sombras! Diluam-se
em meu coração!"

Fé

O terço,
o escapulário,
o sagrado.
Rezas no campo,
singeleza e devoção.

Miniquadrilha

Lia amava Pedro,
que amava Lucia,
que amava fazendas.
Lia e Pedro são hoje
empregados de Lucia.

Rústica infância

As brincadeiras,
o jogo de bola,
as peraltices...!
Tempo perdido
ou reconfigurado?

Clair de lune

Eu, criança interiorana,
flertava com a lua:
puro alumbramento!
Como se tivesse composto
nossa música.

Túmulo

No cemitério do interior,
a descoberta do menino,
o túmulo de seu tio-avô.
Morte aos dezenove anos!
Mistério e fascinação...!

Carpindo

Minha mãe carpindo
a terra no quintal,
enquanto labuto no poema.
O labor cuidadoso dela
complementa o meu.

Eu e Baudelaire

Sem mais o albatroz,
nem mesmo a carniça,
muito menos o spleen!
Faço-me também poeta:
mais campesino que urbano.

Torta alemã

Eu, meu pai e minha mãe
assistindo Chaplin na TV
e comendo torta alemã.
Ah, infância! Singular
e interiorana infância!

ENGENHO EFÊMERO:

Poemas em prosa e aforismos

[2019-2020]

Ainda há pouco, enquanto eu atravessava a
avenida, com grande pressa, e saltitava na lama
por entre este caos movediço em que a morte
chega a galope por todos os lados ao mesmo tempo,
minha auréola, num movimento brusco, escorregou
de minha cabeça para a lama
da calçada.

Charles Baudelaire, Perda de Auréola
Tradução de Dorothée de Bruchard.

Engenho efêmero

Para todos os bons poetas que permanecem esquecidos!

Vez por outra sinto que provém de mim uma obra efêmera, talvez a verdadeira face de minha arte. Uma obra simples, mas não banal, que celebra a vida e a sua finitude. Uma obra em que a palavra está aberta aos contrastes e às discrepâncias. Uma obra em que poesia vem escrita com p minúsculo.

Contingência

Poesia também pode ser um tipo especial de paresia. Travessia impossibilitada, revés. O naufrágio em um oceano virtual. Derrocada abissal. Contingência em um mundo de contingências.

O Poeta e o Silêncio

Oh Poeta, infeliz poeta do tempo presente. Poderias recriar o mundo, mas não alcançaste o meio de fazê-lo, tal qual outrora conseguiram realizar os grandes espíritos líricos. Outros foram muito mais a fundo que tu, deixando um legado, uma história. Tua serenidade é artificial e ilusória, em contraponto à evocada pelos clássicos e árcades. Tua dor é esmaecida e sem consistência, em comparação à vazada pelo agônico romântico. Teu misticismo representa um falso mistério, transcendência às avessas, diferentemente do urdido por barrocos e simbolistas. Nem mesmo os fenômenos do moderno e do pós-moderno podem se coadunar a ti, insosso vate, que deixou de sentir, que deixou de semear e, portanto, de colher a palavra plena de significação e de perplexidade. Oh poeta, tu que escreves este poema, e ainda tens o lampejo de lucidez de que de nada adianta o teu cantar estéril, morno e fútil: cede vez ao silêncio, pois, na corrente dos tempos, mais vale uma inexpressão que diz muito, do que a verborragia que nada acrescenta.

O adeus de Kathleen Ferrier

Quis o destino que a tua despedida fosse com o adeus da maior dentre as obras mahlerianas, "A Canção da Terra", música para além da música. Sim, houve outros solistas, Kathleen Ferrier, que depois de ti foram tão ou mais performáticos, mas a gravação de 1952 é antológica, pois foi a tua última.

O câncer não apagou a tua voz, com os teus graves de contralto perfeito, e os agudos de solista experiente. Cantaste a condição humana com altivez, emoção e desassombro. E o prodígio do disco veio te eternizar! Veio perenizar o brilho que tinha tudo para ser extinto, a se perder na memória dos teus fãs mais obstinados...!

No final da derradeira canção, o "para sempre... para sempre...", cantado cada vez mais em *piano* por ti, leva a música para além de sua materialidade. Como que de silêncio e espiritualidade ela atravessasse o campo do audível e nos levasse para outro mundo, um mundo do qual não podemos falar, mas apenas sentir.

Névoa

Nesta névoa invernal, aqui, no Alto Vale do Itajaí, a vida é posta entre parênteses (o cantar dos pássaros, o esplendor da natureza, a circulação dos transeuntes e dos veículos). Tudo ganha um ritmo desacelerado, como se fosse extinto aos poucos todo élan, todo frenesi, toda volúpia, restando uma mera sombra do que outrora foi exuberância e agora se configura em ruína.

Inconsciência

Diante da hipótese da incomensurável eternidade, meu entendimento e minha sensibilidade parecem querer algo de outro patamar: a modesta inconsciência.

Revoada

A liberdade experimentada plenamente no teu voo, revela, em contraponto, que pouquíssimos entre nós estão aptos a circundar os ares.

Da poesia

A poesia, para além de toda onda construtivista, não diz respeito somente a jogo. Também não se reduz à mera brincadeira, fricção ou onanismo entre as palavras, como se o autor fosse apenas um instigador mais ou menos descompromissado com a matéria elidida e eleita.

Poesia pode ser jogo, mas também é desafio. É experimento, mas igualmente comoção. Ato inaugural, mas, pasmem, documento histórico de uma época. Fatura intrínseca, sem, de fato, esquecer o exterior, a experiência extrínseca. É metalinguagem e, ao mesmo tempo, escrita do mundo.

Há os que dizem (Leminski) que poesia deve propiciar "tesão", como que a apostar todas as fichas no seu aspecto lúdico. Mas a poesia é mais: É o devaneio ou reflexão sobre uma obra de arte que nos emociona, um evento que nos causa grande impacto ou fria meditação, o colorido dos sentimentos ou o cinza da desilusão, o escapismo em todas as suas formas, principalmente naquela que é o seu avesso e a sua máxima resolução, a morte.

A poesia pode ser composta a partir de variadas maneiras. A riqueza de enfoque já está implícita em sua gênese. Por isso, cabe aos neófitos, ao escolherem seus modelos e fontes de inspiração, evitar modismos e receitas prontas, procurando alçar originalidade de perspectiva.

Ainda sobre a poesia

Poesia é o próprio princípio de contradição, o A = ~A, falência da lógica formal. É por isso que o que sustento tem o halo do superficial e do provisório. Dialética de luz e sombras. Estatuto aparente do poético.

Nova função

Sou funcionário público. Meu cargo: agente técnico. Queria fazer um novo concurso. E que a Prefeitura Municipal de minha cidade oferecesse, nesta ocasião, um novo cargo, para caso eu fosse aprovado, exercesse uma nova função, aproveitando minhas melhores aptidões. O cargo em questão seria o de agente poético, e poderia ganhar por poema feito. Isso se as musas não me abandonassem e a renda não fosse escassa.

Doce rotina

Depois da invenção dos antidepressivos a vida mais insossa ou triste tende a ser um evento suportável.

A poesia de Sebastião Uchoa Leite

Poesia como o autoenvenenamento, a agulhada do escorpião em si próprio. A eliminação das metáforas convencionais, pela metaforização expansiva do real, construindo a ficção vida. A espreita de uma incógnita, buscando achar a regra secreta, sabendo que não a acharia, nega não só o ego como também o nó cego da sua invalidação. A perspectiva paradoxal e centrada especialmente na palavra, na palavra poética, lembra a perspectiva de outro grande poeta-crítico, o mexicano Octavio Paz. Sebastião Uchoa Leite e seu trabalho com antinomias e ambiguidades, construindo uma poesia de primeira grandeza, rutilância estelar na constelação poética nacional.

IMERSO NO VERSO:
POEMAS EM VERSOS LIVRES
[2019-2020]

...Sonhas
mais duradouro o pergaminho
onde pudesses, arte longa em vida breve
inscrever, vitríolo o epigrama, lágrima
a elegia, bronze a epopéia.

José Paulo Paes, À tinta de escrever

O Poeta-Lavrador

Ante duas terras a lavrar
(a orgânica, bruta mas auspiciosa,
e a de papel, delicada e sutil),
tuas mãos grossas são instrumentos
imprecisos de trabalho.

Tirar do poema a seiva que brota da terra:
operação complexa...!
Sujeita as intempéries mais recorrentes.
Lavrador-Poeta, Poeta-Lavrador,
é de ti que provém este fruto.

À musa romântica

Amo a musa e sua digna pureza,
Que nem a tísica pode macular,
E pudesse realizar a máxima proeza,
Morreria mil vezes em seu lugar.
Mas como minha marca é a vileza:
Morra musa! Este poema é seu último lar!

Noturnos

Quisera ser eu um Chopin!
E externar meus sentimentos,
Em uma simples peça,
Em um único noturno.

Quisera que minhas evocações,
Que minhas evocações líricas,
Expressassem mais que uma epopeia
Para romper então a cadeia das eras.

Quisera que meus noturnos,
Que meus noturnos poéticos,
Fossem somente magia e encanto,
Posto que expressão da delicadeza.

Quisera que minha alma sensível
Fosse o escoadouro do Belo.
De uma beleza que não se esgotasse,
Qual inefável tesouro.

Quisera que minha arte reunisse
E amalgamasse o ontem e o hoje,
Ponte basilar e necessária
Para a constituição do amanhã.

Da natureza exilada em tempos sombrios

Nossa terra tem palmeiras,
Palmeiras ardendo em chamas!
As aves que aqui gorjeiam,
Ainda gorjeiam, mas até quando?

Quanta beleza e formosura naturais
Perdidas! Quantos sonhos esfacelados!
Os primores de nossa terra, quiçá,
Esmaecidos, esquecidos, soterrados!

Em cismas me perco dia e noite,
Tentando descobrir se nossa terra
Ainda tem mais flores e amores,
Prados e bosques, várzeas e campinas.

Não permita Deus que eu viva,
Para ver a consumação deste desastre,
Do flagelo absoluto de nossa terra,
Em qual cantam os sabiás agonizantes!

O mal do século

"Oh tédio! Não se abata mais sobre mim,
Com sua enorme asa de abutre
E com os maus augúrios de uma
Missa negra ou de um festim de sabá!

Prefiro mil vezes a dor, que é finita,
Ao próprio spleen que não tem fim!
Pois a vida se escoa melancólica,
É a própria tristeza em si mesma."

Calou-se o meu alter ego romântico,
Cuja voz trazia palavras e expressões
Às quais eu muito me acostumara,
E fiquei a pensar intensamente...

Seja o tédio oitocentista algo vital,
Entranhado, agônico, hoje me parece
Que os poetas não vivem tal crise:
Ao invés do sofrimento a frivolidade.

Deserto interior

Há os que nunca viram um deserto,
mas que trazem na alma
marcas de paisagens calcinadas de sol a pino.

Há aqueles que veem a morte por todos os lados,
mesmo na exuberância da natureza em flor.

E há aqueles que, cegos, não veem nada.
Desejosos, como Narciso, de serem a única paisagem:
o verdadeiro deserto interior!

A corda e o equilibrista

Na corda bamba da vida,
Sou o equilibrista precário,
Que em destino ordinário
Padece lida após lida.

A corda, fino fio estendido,
Espera pelo meu deslize,
Para ela, sem que me avise,
Tornar-me corpo estendido!

E não resta outra solução,
Senão seguir o seu curso,
Harmonizar o percurso,
Frente à futura fragmentação.

Antonio Vivaldi
Concertos para Flauta RV 441, 442 e 443

O fulgor nos movimentos rápidos
Ou a meditação elegante nos lentos.
Tudo resulta em música sutil
E fora da ordem comum do Barroco.

Mais terrena que a obra de J. S. Bach,
Presente-se nos concertos de Vivaldi
(Música intuitivamente mediterrânea)
A formosura melódica de Mozart.

O BELO em garrafais e sem refrigério,
Apetece os meus ouvidos melômanos
E transporta-me para outras paragens,
Para além do singelo e do comezinho.

A flauta, em sintonia com as cordas
E com o baixo contínuo, reinventa
A música como expressão celeste,
De um céu com nuanças imanentes.

É que o padre-compositor bem sabia
Que a música é a arte do tempo,
Mas também a que mais o subverte,
Pois sua expressão tende à eternidade.

A ilha dos mortos

In memoriam de Arnold Böcklin e Sergei Rachmaninov

A ilha ao longe e o seu silêncio sepulcral.
Nenhum vestígio de presença humana,
Tão somente o grande Campo-santo
Erigido na pedra e diante de meus olhos.

Eu, compungido espectador, vislumbro,
Nesta pequena e modesta embarcação,
Que me serve de transporte e de observatório,
Toda a fascinação exercida pelos túmulos.

Terão tido uma vida ordinária ou especial?
Indago a respeito dos que habitam as lápides.
E posso vê-los por instantes a dançar,
A valsa sincopada e alegre da vida.

Sim, foram todos eles extraordinários!
Beberam nas fontes da existência
A sua água sagrada e subverteram os clichês.
Deixaram um legado e agora descansam eternamente.

Mas o encanto se desfez! Foi-se a dança triunfante,
E com ela a música que embalava os dançarinos.
Tudo voltou a ficar fúnebre, como num dies irae:
"Dia da ira, aquele dia!" exclamo amedrontado.

A morte é realidade para todos os seres,
E não importa o que façamos, ela nos abraça.
A ilha dos mortos não é um local exótico, pitoresco,
Mas está em qualquer lugar, onde exista vida.

Pois não somos nós todos mortos em potência?
Apenas esperando para chegar a inevitável hora?
Que fará de cada um de nós cadáveres de fato?
Para daí se abrir as portas do grande mistério afinal?

Quarto

Da janela de meu quarto apreendo um mundo em
mínimas porções.
Horta, árvores frutíferas, prédios vizinhos, o portão de
minha casa...
A cidade que se espalha ao longe.

Aqui, de meu quarto-escritório, sou um espectador,
um observador.
Talvez um voyeur.
Os acontecimentos esperam ser percebidos por mim:
exegeta do excêntrico.
Nada escapa do meu olhar e ouvido atentos,
Nem a mosca que cai na teia da aranha no canto
baixo à direita da janela.
Sou uma espécie de imperador em meu Parnaso
doméstico.

Mas este Parnaso não significa fuga do real, nem joia
metalinguística,
Embora dela faça uso.
Mas o domínio em que o literário e o extraliterário
podem convergir.

Ou melhor, em que o mundo se converte em literatura,
Pois tudo pode ser matéria de poesia,
Mesmo as trivialidades (ou não) vislumbradas da janela
de um quarto.

Hilda Hilst

A poeta singular e multifacetada,
Da poesia em torno da tradição
Àquela erótica ou mesmo pornográfica.

Os grandes temas: amor, morte, tempo,
Foram vazados pela tua lira reflexiva,
Mas também falaste do sexo sem pudores.

És, quiçá, um misto de fada madrinha e bruxa,
A encantar a nós, teus fiéis admiradores,
Com toda a tua riqueza e poder imagético.

Mas também fizeste da prosa um filão,
Enriquecendo sobremaneira este gênero,
E tornando-o fonte de experimentos.

Poderosa Hilda! Tua diversificada e laboriosa
Obra alcançará doravante a imortalidade!
Pois o que é espontâneo e de valor vinga.

As bodas

Os noivos entrelaçam-se as mãos.
As alianças simbolizam a união,
Agora perpétua. E, nesta toada,
A festa contagia a todos os convivas.

Quantos detalhes serão no futuro
Evocados, fantasticamente relembrados,
Em seus mínimos e perfeitos detalhes.
A festa é o real que lança luz ao porvir.

Os pais, avós, irmãos, primos, tios, amigos,
São testemunhas in loco deste amor,
Deste amor que será também testemunhado,
No futuro, pelas gerações mais novas.

As amarguras, as desilusões e as tristezas,
Que hão de vir ao longo do percurso,
Apenas demonstrarão a tenacidade do casal,
Pois o júbilo permanecerá nos enamorados.

Quando chegar por fim a morte, famélica,
Como sempre, o casal não terá perecido,
Pois permanecerá nos que vierem depois,
Aqueles que evocarão o par daquela festa.

Eternidade

Oh Eternidade, palavra terrível!
Quantos já deixaram tudo em teu nome
E da vida subverteram o viço, a juventude,
Tendo como meta ou escopo o claustro,
A morte em vida, para alçar a vida na morte.

Oh Eternidade, palavra terrível!
Como queria depois de morto, fenecido,
Ser perene ou imortal apenas
Nas lembranças dos que me são caros,
E mergulhar na grande noite do nada.

Oh Eternidade, palavra terrível!
Como te decifrar com meu parco saber?
Com minha limitada imaginação? Com a rudez
E a cegueira espiritual que me assolam?
Como? Se só me restam apreensões e agruras.

Oh Eternidade, palavra terrível!

A inconstância das coisas

Contínua e flexível é a dinâmica das coisas
Abarcando do nascimento à morte todos os seres.
Mas flexível? Não se dará o exato oposto neste
processo?
Uma tendência manifesta a fechar um ciclo?
A determinar do começo ao fim o devir?
Mas para cada ser uma luta e uma nova dinâmica...!

A verdade está com Heráclito:
Não se pode cruzar duas vezes o mesmo rio,
Pois sempre novas águas passarão por ele.
E o poeta que escreve este poema
Já não é o mesmo que o gestou,
Nem igual ao que o lê a partir de seu nascimento.

Saudade do campo

Minha saudade:
Sinal de saúde?
Saúdo-a em si.
Sou campesino,
E assim, sequioso,
Trago na lembrança:
Sarças e sarmentos,
Sapos e saúvas.
Sou só sorrisos!

Noite estrelada

O vilarejo e a igrejinha,
As colinas e os ciprestes...
Tudo noite dentro da noite
De Van Gogh.

Lua e estrelas que rutilam
Uma luz viva e misteriosa,
Evocando o desassossego
Da paisagem.

Mas ao azul, a este
Azul que é marca do pintor,
Nenhum adjetivo cabe,
Senão a expressão de Blanchot:
A essência da cor!

Oriental

A meditação,
A transcendência,
A religiosidade búdica,
Tudo serve de orientação
Para minha desorientação
Fundamental.

O Oriente e seu fascínio:
Caminho para alcançar
Novas dimensões.

Fruição de experiências
Distintas e inauditas,
Que levam ao vórtice da vida,
Aos absolutos opostos,
Ao todo e ao nada,
Que de alguma forma se confundem.

ESTE LIVRO FOI IMPRESSO EM TIPOLOGIAS GLOUCESTER E GARAMOND
SOBRE PÓLEM 80 G EM MAIO DE 2021 PELA KOTTER EDITORIAL EM CURITIBA